缘圆

小平［著］

连接着看得见的世界
和看不见的世界

中国華僑出版社
·北京·

图书在版编目（CIP）数据

缘圆 / 小平著 .—北京：中国华侨出版社，2021.3
ISBN 978-7-5113-8165-1

Ⅰ . ①缘… Ⅱ . ①小… Ⅲ . ①诗集—中国—当代
Ⅳ . ① I227

中国版本图书馆 CIP 数据核字（2021）第 021334 号

缘圆

著　　者 / 小　平
责任编辑 / 王　委
经　　销 / 新华书店
开　　本 /670 毫米 ×960 毫米　1/32　印张 /6　字数 /153 千字
印　　刷 / 三河市华润印刷有限公司
版　　次 /2021 年 3 月第 1 版　2021 年 3 月第 1 次印刷
书　　号 /ISBN 978-7-5113-8165-1
定　　价 /26.80 元

中国华侨出版社　北京市朝阳区西坝河东里 77 号楼底商 5 号　邮编：100028
法律顾问：陈鹰律师事务所
编辑部：（010）64443056　　64443979
发行部：（010）64443051　　传真：（010）64439708
网　址：www.oveaschin.com
E-mail：oveaschin@sina.com

序言

我为什么要写诗，
为什么不去做点儿别的有用的事？

——这不仅是我的热情，
如今的理性也会如此回答。

如果我的一生注定由小小的疯狂串成，
如果写诗的人又是“心有猛虎细嗅蔷薇”，
就想着索性让自己火焰似地笑，
注入胸膛，
把石头般的心事烧成烟灰，
留一片热泪在心中。

一定有些什么是我无能为力的，
我的生命，
本就是一次又一次的试探，
我无法于一瞬间就脱胎换骨。

目录

序言

即今篇　生命史

03　生命史
04　样式
05　意义
07　需要
08　务必
09　十年
11　征程
12　诗神
13　不忘记
14　大地的女儿

即今篇　姑娘

17　姑娘
18　究竟是什么
19　都好
20　赏心乐事
21　神仙的后代
22　回
23　勤
24　愚公
25　去寻找
26　东更东
27　脚跟生茧人
28　特别
29　红润
30　春天的队伍
31　安然跳动
32　墙头太阳
33　反抗
34　真相
35　歇歇
36　莫怕
37　呆气
38　会看到
39　淳朴
40　热爱
41　如意事
42　幸运之神
43　以耐心等待
44　幸福力
45　属于

46 朝拜
47 释放
48 希冀
49 祝福
50 圆成
51 有福
52 同行

即今篇 位置

55 干净
56 位置
57 适宜
58 不一样
59 猛忆
60 劫波
61 石子般
62 彼岸广阔
63 负重
64 寒
65 心情
66 等雨停
67 桃源
68 历经
69 无问
70 舍与不舍
71 无惑
72 同是天涯人
73 黑眼圈的人
74 展不开

75　上路
76　努力
77　燃烧
78　灵魂的铠甲
79　忠诚守护使命

即古篇　古人诗

83　古人诗
84　梦诗
85　寄文字
86　诗过日
87　一席

即古篇　锁悲凉

91　锁悲凉
92　冬意
93　知否
94　不语
95　梦中说梦
96　衰多少
97　就中难
98　怎得如此
99　莲子未成
100　凡身
101　苔花
102　读尽
103　垂爱

104 尽心上
105 冷看
106 什么滋味
107 都一样
108 迢迢
109 苍苍渺渺
110 谁解
111 入心头
112 难言说
113 宽心处
114 无处
115 不笑花
116 寒折梅
117 何必笑
118 休问天
119 无须知
120 难夺

即古篇　思归处

123 思归处
124 思亲
125 寄与故乡
126 家乡风景
127 出红尘
128 风暖满村
129 无事过
130 海风凉东窗
131 晨村
132 春忙

133 采茶
134 山趣
135 荔枝红
136 山中滋味
137 成家常
138 好雨后
139 有情
140 正好
141 春无限
142 人间幸福事

即古篇 东风来

145 东风来
146 新新模样
147 媚娘
148 夜红尘
149 家常话
150 耕
151 正暖
152 助美
153 三人行
154 盈精神
155 园夜
156 半合半开
157 不是凡花种
158 无数五月
159 生命力

即古篇　圆素志

163　圆素志
164　同载
165　好心人儿
166　猛做白日梦
167　一点诗情
168　总关心
169　夜读
170　萤
171　为人间
172　随他
173　天公知道
174　有心客
175　道未来
176　自由自在
177　算人生
178　开口笑
179　归去来园
180　回首望
181　从容过

即今篇

生命史

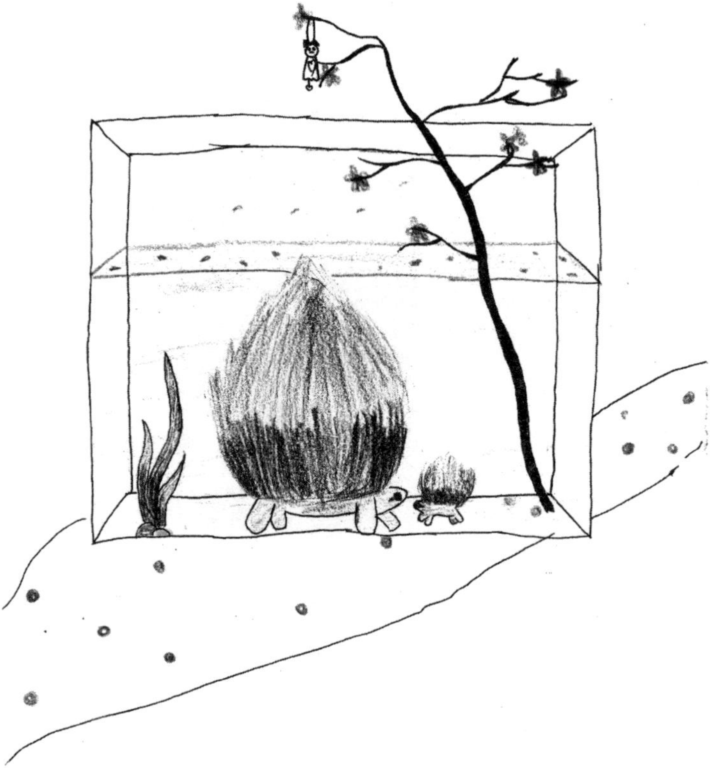

生命史

生命中的妄想也由岁月漂洗走了，
新的起点终是要带来了新的问题。
无法有安于现状的神气，
一脑子热忱，一脑子愿望，一脑子书生气。

欲望有时也是美丽的东西，
使我在过去与未来的生命史上，
愿担负自己的这份命运。
为自己，为儿女，不逃避应有的一切努力。

样式

黄昏暗香浮动，
我却埋藏在沉默中。
太美丽的也让我忧愁。

为想象而苦恼，
在空想上受苦。
这生命的样式，
大致与家庭有关，
也早早浸入我生命里，起了作用。

对于未来的梦，
对于生命的存在，
依旧带一点惊惶。
对这一切已毫无办法，
所要的只是理解。
也不必担心，
我似乎还孤独，却已不再孤单。

意义

性子不大安定。
一个不良的思绪，
时时抓着心。
我明白这是：
一个人，一颗心，在特殊环境下长成。

心中似乎时常有些儿混乱，
也明白混乱是不合理。

过去多少年，
只是这里那里，无目的地流浪。
我不是阿 Q，
我明白一切。
既明白当前的一切，
对于明日，也应有所安排。

决心如此信念：
每个人都有权利活得更有意义。
活得更像个人。

为这，
要平平稳稳生活下去，

要结结实实地做一个人。
虽说不出将来会做成个什么样的人。

需要

太阳又光明又暖和，
又总有些原始人不缺少的情绪，
在年轻简单的人心中滋长不已。

有说不出的什么东西，
在血里蹿着涌着。
揪着这不定的心。

不远处的山，
翠色逼人。
生活里一切的日头，
也都落到山后去。

用右手摸摸自己发烧的额角，
又用左手摸那坐着的石。
石头上也发着微温，
含着白日里的余热。

我需要一种帮助或鼓励才能生活。

务必

人生的经历也好，
人生的感慨也好，
就说是人生的梦也好。
眼前这种种问题现象
也必然有个中原因背景。
可主要的妨碍终是来自本身。

在不同的年岁，
都不可免有积压的情绪待排遣。
可生活不应当自欺自慰下去，
得用各样的法子澄明此一时或彼一时的心思。

若欲求发展万千，
需把精力搁在此事上。
非揠苗助长方法所能完成。
务必不把自己弄得异常放纵。

十年

我已经在这地方，
生活了十年的日子。
想起这堆日子中所有的人事，
帮助我做过多少的幻想。

我仿佛触着了一点东西，
也看明白了这世上一点东西。

从前，我们各用一种不同的生活，
来到这个地方。
我们都有知识。
各有哲学，
各有人生观，
却也并不妨碍。

曾经不尽地追问：
已走过多少路？
还需要走多少路？

现都已沉默。不再发言过问。

因了我们已从彼此中，

得了一点智慧，
悟了一点人生
——
只要坚持得下，
总不会吃白饭。

亦体会到一点儿怜悯。
一半给别处，
留下一半要给我自己。

悲哀同欲望都一样神圣了。

征程

十来年中,
我的勇敢和我的单纯,
以及一种农村本质的素朴。
使我不断在生存中接受种种试验。
也在无尽无休地分解了我又重塑了我。

到如今一种新的愿望,
是由内至外的力量和吸引,
日夜呼唤着我踏上另一征程。
我竟犹疑不定、彷徨不安,甚至质问自己。

我无助,我无力,我无奈。我去寻找答案。

于是有一个声音告诉我:
世界本就在人的朴素愿望、信仰中不断变动。
生命的可哀和可爱也就是在你我的矛盾两面中。

使我明白:
我不该怪罪自己。
应再勇敢地去做自己。
哪怕只是在自己的时空中发出微光自照。

诗神

慈悲的神，
你在哪里，
是否可以给指引？
眷顾着些儿仓皇失措的人。

南是北，右是左，
走错了方向，也找不到路。
却还跌跌撞撞走一步，再一步。

一只眼
望着过去和现实，
另一眼
眼望云天的奇情异想者。
你是谁，自己说出来。
诗神会为你们每个诗人备着位子。

不忘记

上天无双的慷慨，
带给我一个稀奇的秋天，
重新教育我说话，用笔做事。

这样不同寻常的旅行，
跟随个陌生微笑的影子，
我也能慢慢走进天堂。

我将要把热情和温柔，
藏在有活气的生活里。
仰望天空，追逐流星，皆不忘记：
我得到的比任何人都多一分。

大地的女儿

目光浑浊，
双手茫然，
发也乱似一团麻草，
头脑在哪里混沌不清。

身处何方？
脚踏何处？
我还不属于任何地方。
问天去，我已有些无觅处。

别夺我的梦想，
别夺我的思想。
让我的诗获得天空的意义吧。
不管我是谁，我总是大地的女儿。

即今篇 姑娘

姑娘

春雷雨
洗出万里碧天。

有一位
姑娘在心中
许下不老的心愿。

眼在燃烧，
一身豪气，
不是寻常见。

浮云不遮日，
是要走大地，走人间。

究竟是什么

神灵把我
生在海边，
海水没有淹没我。
我，一个赤脚的孩子。

葵花向日倾，
太阳更不排斥我。
在命里注定的地方，
海风，吹拂着我的头发。

我感受着自己，
如此宁静如此高傲，
并触摸着这个世界。
人与人的不同，
不只在于姓名。
名字中不会什么也没有，
也不只是三两个发音而已。

我究竟是什么——
我，大海，
古老的太阳，坚固的大地。
都是这世上万物隐秘的力量。

都好

草枯了再春，
果实丢了还能再秋。

伤了，过去了，
也只留一痕迹。

不看，不想。
更是了无痕。

看，太阳照常升起。
想到的事，都好。

赏心乐事

许多云雾，
许多湿润的空气，
许多隐藏着的古老秘密。

一棵棵树，长得巨大。
伸向坚固的岩石，
伸出坚固的根。

苍穹之下遍及赏心乐事，
拿出最欢畅的心灵。
在城市，在山林，
在云下，在水中。

这一天悠悠然，
一阵和风吹来，
一切都是收获。

神仙的后代

苍穹之下，
没有光彩纷呈。
直顶着白云的绿，
绿色清风荡漾到碧蓝。
山里人说，这是山的模样。

没有彼岸，
没有渴望。
没有回忆需祭奠，
只有着鲜红的生命。
山里人说，这是山里人的模样。

墨的夜沉默时，
把星斗捧在怀。
没有暧昧入梦，
没有尘缘可了。
山里人说，因是神仙的后代。

回

离乡的人，
以坚实的脚步
回到古老的祖居。
重新忆起早熟的童年，
是一直在渴望远方。

崇高的太阳，
从飘忽不定的流云出来。
荣耀的光华，向四方辉映。
连带把
未来的希望之光一起微微闪耀。

充满深深之情，
不必再走远，
这就是你的世界。

勤

困在时间里，
在朦胧中沉落，
心事重重独自坐在这里。
把自己的力量藏在哪里了？
又到哪里去把握你，无穷的智慧？

该讲点儿朴素的道理。
今日做不到，
明日怕也做不成。
力量体现在勤劳上，
就一天，也不能徘徊。

耀眼而迷人的
阳光已照进书房
唯有读破万卷书，
以从容不迫的速度，
步我前路的美丽。

愚公

别再问怎样。
你错误地
把心思摆在了过去和未来，
却并不知道自己正在干什么。

也别再，
六月时，
就感到十二月气象；
落日未下山，却已觉一片昏暗。

更不必问为什么。
带着傻傻的快乐，
只管学愚公去吧。

去寻找

霜飞水寒何妨？
无根的浮萍草，
试着自己依靠。

用力活着去寻找，
怎能限于一个小池沼。

要知道，
这世界永远有个太阳在闪耀。

东更东

该是冬了。
却依然是太阳的世界。
它在东方露出了笑脸，
用金色荣耀环抱着古老的大地。

我将光握在掌中，
靠着它坐了一会儿。
歇一歇脚，准备继续向前跑。

我也依然还是我，
把目光投向未来，投向远方，
就想知道东更东，是什么地方。

脚跟生茧人

千里之外，
哪里算远?
走路就能抵达。
人生不过是一个行走。

一早起身，
并非有什么心事，
只是要和尊严的太阳同在。

太阳西下的时候，
走的路多了，
就离
安枕即眠的日子不远。

到底是，
脚跟生茧子的女人，
容易把那遥远的地方拉近。

特别

有一些
野花野草，
长在特别的地方。
岩石上，裂缝里，颓坦断壁中。

这虽是它们的世界，
却在那里顽强地生长。
而它们并没有卑下感觉，
更没有把自己变得无精打采，
在一片废墟间，依然抖擞着。

如若不小心踩踏了它们，
应该要感到也是一种亵渎。

红润

天空
积着几堆云。
花园里，
还一树鲜艳的花。
阳光从没照到根部，
却依然可以色彩浓艳。

黑云遮在我头上，
我的脸上也依然保持红润。

人看花，花看人，
同在暗黑中默默积淀着力量与谐调。

春天的队伍

说是
已经春天了。
可小草，
却穿着褪绿的衣裳。
天空也苍白得像病人的脸。

小小的冷风吹着，
我低垂着一粒怯怯的心。
不明白为何生命总要呈现灰色。

一颗心慌慌，
想要彻底忘记一切。
学着能
——
感到痛苦，
就忍受痛苦。
感到快乐，就快乐起来。

还要耐着性等呀，
等春光烂漫又烂漫时，
春天的儿女，
走进春天的队伍里。

安然跳动

眼之所望，
是今时之前未见。
景象在目，亦未能想象。

何时开始，
不再等待，
不再惶惶？
在不同的位置，
就这样默念着相同的愿望。

渺小的造物，
彷徨的灵魂，
不再想到孤寂，
对于一切事情，
将彻底不消极，却在给予。

可还有一件事，
对于其他一切事更紧要
——
白云下面的
生命安然跳动在蓝天里。

墙头太阳

墙头太阳，
奇异圣洁的光影，
一股夺不掉的气象，
拭净我经年的尘土。

虽未听到福音，
却在无限至高上，
有一种慈悲可谓盛大。

踏着安详的脚步，
引我向静谧的角落，
寻找烈焰中的康宁。

反抗

从我过去的一片荒芜之中，
我不能想象自己曾是个奴隶。

可反抗的精神一直在我的心中。
我要我的教训能减轻生命的不幸，
以寻找一个自由的归宿。

人间的暴风雨
又怎能摧毁我的坚忍？

那集聚于内心的火焰，
在此时此地，
醒了我的灵魂。

真相

天开了，
风儿狂奔。
群芳之蕊，
遍野的芳草。
心怀沙漠者怎能看得见？

灵力，把灵力释放起来。
万物与我交织，彼此依存。
莫让自己的肉体被自己紧紧捆绑。
我已有勇气，到世界上去好好走一趟。

心中明白，
神秘的真相——
我是什么，世界就是什么。

歇歇

不在奇怪
的烦恼中战栗，
也丢开一切的半心半意。

躺下来，
把梦做下去，
直到不再神秘。

午夜前，
歇歇疲劳的身体，
再来享受难得的安眠。
我把这当作最好的兆头和含义。

莫怕

不错，
都是些许往事。
回首往事，无须睁大双眼。
也不必在乎什么似与不似。

目光开始淡然，
饥渴慢慢消褪。
繁华、零落从此止。
在阅历尚浅的年月里，
莫怕！莫怕！莫怕！

呆气

不作回忆，
不想未来，
我就这样坐在黄昏里。

可怜的杂草，
可怜的枯树。
渴望火烧，
渴望水浇。

我看到这么多的善意，
也看到这么多的恶意。

傻乎乎的呆气里，
有许多小小的放弃，
许多掩藏着的勇气。

会看到

心中摇摇。
在无可奈何的日子里，
翻翻古书，不难知道，
我之所以这么做是因为这么做是对的。

古老的
羊皮纸上也会说着——
面对混沌与黑夜，
且充满青春地热情
把那悠悠苍天来颂扬。

紧跟着哲学家，
会看到——
一条羊肠小道，
澄清了重又混沌，
最终成了平坦大道。

淳朴

天淡日丽，
漫漫轻云。
何妨多少事沦为一江春水？

不必满怀神思，
跳动着一阵阵狐疑。
人生到处是奋发的活力。

一颗心应淳朴到
只要晒晒太阳，
就能信仰这一片光明。

热爱

明朗朗的秋阳下，
是一种稀有的好景象。
一切如同画中景，一切又实实在在。

走出来，
人愈年轻愈加可爱。
心中只有一件事，
去掉感伤，把力量也用出来。

从树上听来的鸟鸣声，
也有了教育人的意义，

对这样的世界，
我能接触到的，还只是点点滴滴。
虽点点滴滴，感染到一种不可言状的气氛
——是抑制不住的热爱。

如意事

天空飘着几朵云，
从行云里也能飞来如意事。
古老的荣耀要射向一颗还年轻的心。

恐惧已化作了石头，
一切也并不是一片梦境幻影。
尽情畅谈那即将到来的美好时光吧。

崇高的思想在生机勃勃。
此时我是真正的自己。
携着最初的青春。
理所当然。

幸运之神

我不愿再弄清卑微的含义，
更不必深究另一个世界的骚乱。
等待了许多年以后，我只想获得平静。

把愤怒和哀怜甩在身后，
将力量和知识留在身体里，
祈祷幸运之神立于我的身旁。

我要
踏着古老的土地，
去寻觅我的四叶草。
一路向前直到泪流满面。

以耐心等待

等待、等待，
再一个等待。
上苍考验男子以勇气，
考验女子以耐心等待。

等铁树开花，
等草木说话，
等一块石头也能自转。
定会给命运带来等待后的可爱。

任何
起落不定，
非生命所要。
属于它的想望——
唯祝福、祝福，再一个祝福。

幸福力

终日闷倦在屋，
今觉天朗气清。

云消雨散，
春寒也只是轻轻。
由不得人笑从脸生。

不该恼处境艰辛。
需留意，
苦苦祈求的幸福，
已然早在心中。

所拥有的，夺不去。
冬眠在春天的
幸福力就要醒来。

属于

周围无意义的热闹，
使我陷于孤独，
立着沉思。

潜心于
一群人中的孤独。
看看先哲是如何思想：
一句严肃的箴言，
一句庄严的劝说。

信赖自己，
从属于自己，
我本不属于这里。
远远避开，不惧一人，
去寻找属于我的世界。

朝拜

当我走进庄严的光亮里，
我赞美赐福于我的人，
迎人回家的神。

人间最美的形象，
多么仁慈，多么吉祥。
连接着
看得见的世界
和看不见的世界。

去吧，
到唯有真与善的地方去。
充满感激之情，
神灵守护的幸福者。

释放

强烈的阳光，
在树上，在草上，在泥土上。

在泥土与阳光中，一起释放着生命。
生命力因之也异常饱满。

我的心在这样的时节，
怎可毫无用处，失去应有的意义。
竟怀疑起自己比其他生物究竟是否还有什么不同处。

一片阳光把我征服。

在一种多少有点疯狂的情绪中，
我带着气恼的神气，向自己询问，
你为什么不常常在阳光下生活？

希冀

执着的双手，
诚意地祈祷。
上苍会悲悯世人的举措。

人人都一模一样，
舍不得把崇高的阳光丢弃。
明智的努力
与正义的和平结着不解的缘。

生活在希冀中，
父母儿女一起安享赏赐的福气。
踏歌起舞，无比欢腾的日子会到来。

黑夜终将逝去，
天马上要透亮。
伟大的命运之神，
要把白昼和幸运向我们宣布。

祝福

我和一群陌生人
在无尽头的路上跋涉。
行路不为别的，是出于需要。
我在这个世界上担当着责任就是需要。

我们爱脚下的路，
满怀希望记录生活，
走真真实实的世界。
唯一的人都想着要走到家。

有人扔着石头，
有人拿着花朵。
我乞求怜悯心——
当人悲哀，至少给予安慰。

我祝福你，
你祝福我。
鸟儿也在唱吉祥的歌——
请放心，没有什么可怕的。

圆成

又一年过往，
生命如何圆成？

闲散的时光里，
要把胡思乱想来医治。

太阳也有它每日的工作，
哪有一做便得偿所愿？
享乐是庸人的天性，
悔悟自己以往错失的日子。

忠实而平凡的人们可以体味，
当完成的事应立即完成。

有福

这黄昏同五月天一样，
显得格外静，格外静，
美在风中静止。

我痴痴地立着，
眼不用再看，耳不用再听，
只用心搂抱着此时的温柔。

风，依约在轻轻地摇，
引我进一个虚空陶醉的世界：
生命这般脆弱也这般娇嫩，
却依然能够让人做梦。
我是有福了。

同行

看大地，
看远天，
看淡淡云彩悠悠行。
它们在我面前，
显示了伟大的力量。

我不知道
天空之上有什么。
但我知道天空之下
站着与我一样的很多人。

无论受到
什么劫难，
不用空言来敷衍，
镇定自若，奋发自强。

更不去琢磨
这独一无二的命运，
因那生命与使命终是同行。

即今篇

位置

腊八粥
大米

干净

我的生长，
我的往事，
我的心慌慌。
回回头，看看，
还想记住什么？

对更多的记忆，
只阻碍了活生生的真实。

所有的过去
应被冲刷干净。
重新回到生活中，
能感到世界是暖的
——已足够好。

位置

年轻人，
你在做什么?

你应该告诉我，
你还拒绝什么?
那些短暂的事情又何必担心。

脚下是圣土，
头顶是苍穹，
在自己的时代找到自己的位置吧。

去创立一种信仰!
热望着投身于你的什么抱负中去吧。

适宜

长夜，
书桌旁。
想一想时间，
习惯了自我沉默的对白。

不管
是上帝的条件，
还是物质的条件，
我相信唯物主义是真理，
我也相信唯灵主义是真理。

不论显现什么，
不论显现不出什么。
都允许一切，而不去拒绝什么。

我知道过去是伟大的，
我也知道现在是伟大的。
世间万物适宜每个时代的人。

走过视野，走过夜。
我们应是潇洒自如的一代。

不一样

该怎么说才好?
我与别人是那么不一样,
同许多人的距离又是那么远。
连喜乐和悲哀都有它独特的样儿。

什么人会知道?
我的忧郁,
似一缕青烟,
吹入空中,无法自主。

天下很大,风景好找,
可什么地方会是我灵魂的住宅?

一路走来,
是辛苦也是心苦。
非得不一样,那就让我不一样。

猛忆

一不小心，
忆起过往
——

每个季节，
杂草荒芜。
失路的人，
历遍艰辛，
左右无望。
于生的迷途、
沉沦与自弃中徘徊，
留一条泪水的小径。

泻下的，
是飒飒寒。
生命的火焰也苍白。

——
尘埃中，
恍恍惚惚，
被爱扶起。

劫波

穿过冷暖悲欢，
穿过生死茫茫，
穿不过的是宿命。

一颗心搁着石头，
由日到夜，无法休止。
在生的每一刻里不停磨折。

脚步疲惫，
岁月洗不去这负累。
天上地下也没有丹药可渡尽此劫波。

余生，
依旧心碎无数。
终了，
也只盼去一个有苦难的天堂。

石子般

阴冷的雨，
还疲倦地下着，
是终要将残花打落。
而忧伤的面容也满是冰的水。

天，我呼唤你，
何时不再风雨飘摇。
沉沉的岁月里，
已是无数悲叹，无数泣泪。

年来一向枉费。
却依然
同一颗石子般忍受着。
是因为无所顾忌的本能还是已无可选择?

彼岸广阔

今天，
我看到了人性
清冷寒凉的形象。

陌生的人，莫名地
用刀的言语来打压我。
我看到的是
——狭隘缠住谁，谁疲惫衰颓。

我心非石，
有些耿耿不寐。
随着新的早晨来临，
一种新的思想也出现在我面前。

我的人生之舟正向彼岸驰去，
眼前呈现的是人生广阔。
沿着自己的路子写下去，
我返璞归真的努力，
值得一提。

负重

累而难睡，
恍兮惚兮，
独自冷风夜里。

三更，
五更？
天不够黑，
天不够白。
混沌之女，混混沌沌。

生命史上，
总用很多疑问负重自己。
又如何能用一点经验去左右。

有一种痛，
是不尽的虚无。
一路走来，从来难诠释。

寒

太阳一点苍白，
古老春天衰弱不堪。
一丛丛寒气袭人，不可阻挡。

四面八方
冷，冷，冷。
体内像冬天一样，
寒冰冰的气使我无处安放。

这个春天，
花儿蔫了。
刻骨铭心的冷，
占据着整个空间。

心情

心在等待，
或悲或喜的结局。
一种令人心颤的感觉。

时光在轻柔移动，
强烈的心情驱使着，
却想四处游荡。
进入熙熙攘攘中喧闹。

近于从不出门人，
就这样说着胡乱的梦话。

心情，
心情，
且把心情，
融进又悲又喜的诗中。
在春天里，自己作为春天走出来。

等雨停

一夜雨，
碎了心。
最近的日子也如雨。

雨潇潇，
雨不绝。
飘荡着一种力量，
却冲不走无力抵抗的战栗。

脚下的
一寸土地，
只剩黑白的风景。
不知是否这春雨暗藏万物？

桃源

夜色茫茫中，
站在
城市中心的天桥上。

我知道，
脚步已悄然疲惫。
这些年来风雨见多，
在愁闷相继的岁月里，
想寻一处桃源以避浮沉。

眼泪在脸上流淌，
是渴求的目光。
审视自己
——欲望是不是一件美丽的东西？

历经

黯黯长空，
蒙蒙春雨。
绿叶落寞，
红花惨然。

冷悄悄，
空荡荡。
远山它也静默着。

就在这
凝思注目的瞬间，
想起半生历经的曲折。

叹这人生，
往事可已矣，
却总难得的是自省。

无问

我深爱这里，
却必须离开。
从此四处流浪，
再也没有了家。

舍与不舍

舍与不舍，
忧心忡忡，
哪得忘忧草？
恨己不能奋飞，
是否都这般女人的气质？

既要独行，
怎能只坐愁？
东西南北流，
别说迷路没了辙。
更不要任性折磨这美丽的人。

无惑

希望和恐惧都已尝过，
多事之秋就要过去。
这颗心是该无所惑。

不怪罪世俗对一个人的看法，
是愚蠢使自己不曾早些避开。
若只知对最好的时光悲苦，
是无尽的惭愧。

是时候了，
选一个地方，静静的。

同是天涯人

“伊是无家人，平生无所寄。
风雨送伊去，风雨送伊离。”

唱着，
不为换取别人的一些眼泪，
只是自己真要哭了。

“小萍儿，漫伤心，
同样不知归宿的还有婆婆丁。”

一种同情同心的声音在应和着。

看样子同是天涯人，
可以做一个朋友了。

黑眼圈的人

月光还是李白的床前明月光，
只一个不寐的人，侧侧转转。
炽热的心应当休息的时刻，
却还在冰凉的胸脯怦怦乱跳。
若入睡，一个梦又便足以毒害全身。

月光冷冷的。
一种向往，不知是否该继续上升？
唉！
这一颗心不说它好了，
说了也不知道应如何选择。
唉！
一只凤凰刚从火中出，却又进到另一火中去。

太阳，就要再一次升上天空。
还是起来准备迎接新起的日头吧。
那么，早安，黑眼圈的人们！

展不开

无法形容所梦的一切。
只眼泪湿湿地，
想着梦中的一切。
带着我回到非现实的情境中去。

今天又是什么日子，
忘不掉新愁与旧愁？
展不开的眉与眼。

夜已深，一切静沉沉。
醒来不能再睡，累而难眠。
用什么可以使心中充满对明天的劲头。

已经开始觉得累透了一身。
如能像修道士一样，
看够了一切，便就是躺下睡。

上路

我痛苦？
不。我是悲哀？
不。我只倦了。
我平静地坐着，
我沉默地站着。

谁待我最好，
谁又亏负了我的心？
拿什么样的道德
可以拯救人的动物性？

过去是什么，
未来又会是什么？
唉，人生。

还是明天上路，一切交予天吧。

努力

独坐无人，
出门无人。
坐在角落里的我，
神思像一个流浪者，
朴实的面庞蒙上了灰。

旧时代已向我告别，
新时代却还迟迟不见。
我努力感知着自身的存在，
一个人在心里做着文字的游戏。
靠着幼稚的语词倾吐着飘摇的情思。

一次次对自己说：
未来的岁月会证实，
我将勤补拙的意义。

燃烧

对着镜子，
长久凝视着自己。
是慈悲的双眸抑或垂死者的目光？

挥别了青春，
收集起过往的一切。
记忆却在身上呐喊，比燃烧更剧烈。

流泪为了什么？
流血为了什么？
山的顶上，到底有着何人何物？

我将粗糙的脸靠在
做不出美梦的地方。
沉默中不再言语，
只是还不甘平凡的溃败。

灵魂的铠甲

空中的堆积云，
混入沉默的天气。
似既定的命运暗黑而又岑寂。

用悲怆的快乐，
忘却一切酸辛。
含笑抹去泪水，
神色自若地抬起头来，
不必在卑微里隐藏自己。

没有“钢铁构成的心灵”，
就去寻一张灵魂的铠甲。

忠诚守护使命

别哭。
虽不见日出，
也要揩去泪水，向着东方微笑。

不必去听城市的喧嚣，
只管汲取全部诚实与勇气。
每个人都该有一颗自己的心
——忠诚守护着身上的使命。

不必在意。
黄昏虽会招来黑夜，
可红日必定再从一片混沌中升起。

即古篇

古人诗

古人诗

诵诗，弦诗，歌诗。
上下千年诗无邪。

拂一段尘，
淡一处虑，
好一段情。

是智是悯，
是风骨，最关诗情。

灵来，情来，志来。
回头来，
最不能忘是古人诗。

梦诗

一夜梦诗。

梦回，
明月依旧在天间。
只两眸久久凝睇。

千古同此，
多少岁月难言说。

今时，
又多少情要散入晨风。

寄文字

自笑此身，
历事以来，
难谙现实世态。

怕门外风雨恶，
真真生胆寒。

欲与青山诉，
青山却不语，
柳花轻薄说无用。

还是屋中独坐，
把心事付笔端寄文字。

诗过日

大地暖伊始，
又半空风雨。

窗前无限怆然，
却笑西施泪。

随它乌云爱遮日，
且无语西下。

有心诗过日，
何必待谁为我唱诗。

一席

年纪已来三十三。
奈何志向虽美，
下笔难成好诗。

竟从容无觅处，
教人行思坐想太多磨。

总作万种思量万绪愁。
想君难会这滋味，
又怎知此最苦？

终一片勤心，
一双不懒脚，
不羡繁华富贵，
求文章占得一席之地。

即古篇

锁悲凉

锁悲凉

年来，
整日迷迷蒙蒙。
春寒重重锁悲凉。

昨夜更是雨横风狂。
谁恨?

何必问天，
几时送来一度春光。

晴天雨天对我都一样。
谁怕?

冬意

几回月，
几回秋。
几回执着无尽由。

一片热情，
一味固执，
成一团冬意。

心已知，今非昨。
何时了？忘不了。

知否

繁华过后，
孤灯独夜。

望半窗月，
想一生是连环的谜。

这无限情，
终说不得。

说了更苦。
君知否？

不语

叹如意少，
是弹指成空。

平生气，磨尽时，
入尘入土，也终是灰飞。

肠寸折时，
不语如痴。
争个是非，
只憔悴魂乱。

忘了恨，
忍下一片安静，
得一人生宽处。

梦中说梦

一夜风雨难入睡。
目迷，耳烦，心缭乱。

梦又不成。
念往事，思往昔。

少年心，
付深情。
梦里也贪欢笑。

思长长念长长，
夜长长日长长。
粗心人怎读得梦中说梦？

衰多少

一病，
精力又衰多少？
朱颜暗，姿态老。

泪眼迷离，
愁中也已白了头。

中间又是多少泪？点点行行。
南北东西路，欲去不去。

温柔低头，
两重心，一片愁。泪更难收。

就中难

一二三四事，
事事上心头。

元知万事如意，
人间未有。

又岂是无端惹愁绪，
至此无欢绪？

只就中难，难熬。

怎得如此

无时无刻无尽，
无助无奈无计。

至深至哀至痛，
难忘难忍难过。

独语独言独坐，
苦恨苦叹苦笑。

悲凉句：
怎得如此？怎得如此？

莲子未成

细雨点滴，
抵不住风急，
落花风雨且漂流。

莲子未成，
荷叶已老。
一片狼藉。

年光有限正伤心。
隐隐冷月处处随。
是说不尽的心情。

凡身

想东风是否有力，
吹散一片黑云。

是不怕
此身无力，
经不得东西南北风。

只奈何，
长不得巾帼丈夫气。

到底是
三三两两无尽事，
一个凡身肉体，它抵不住。

苔花

春已半，
东风已无力。

满身风雨，
尘世难了了。
何处是安宁？

通往心中的路，
不得说，
不得解。

信仰处，
一颗苔花的心。

读尽

三十三年光景，
不计多少恨。
只恨读书少。

一生泪已尽，
却难写尽半生。

岂是为了书中金，
是书能留一命。

余生，不生懒。
读尽人间难。

垂爱

穿一身绿衣裳，践春归。

春夏秋冬又一春，
总能重来，再见小桃开。

而自己
半生春意少，
总是一股秋之涩。

经年之后，
想问东君能否垂爱？

尽心上

午觉醒来，
心情疏懒。
眼困顿，欲开还闭。

忽昏昏，
复沉沉，
恍恍惚惚使人愁。

悲笑自己，
此身还没个安排处。
光靠梦与想如何走到新世界。

人还未老，
最苦是闲愁。
一声唤起，尽上心头。

冷看

八街九陌，
十里繁华，
一夜灯红。

墙头戏鼓，
蜂狂蝶舞，
红尘飞土。

车纷纷，
人簇簇，
匆匆去。

冷看城市闹。
谁要惹得闲烦恼？

什么滋味

是什么滋味，
唐诗宋词
竟也离不了这樽前酒？

欲举酒半杯。
却想当年，
强饮为生活，
是难言滋味。

哪里有把酒言欢时，
终是只化作断肠泪。

今时今日，
又何必自己
去尝这苦滋味。

都一样

朱门玉楼，
寂寞豪华。

多少愁人，
休问兴亡。

谁在劳苦？
谁在歌舞？

四顾怆然，
一醉难更难。

迢迢

夜深坐，
影伴身，
惆怅衰红。
可笑也可哭。

冬风至，
路迢迢，
更是多少辛劳。
野草呀野草，
却依然要去飘摇。

苍苍渺渺

一心茫茫，
只望天。

正是点点滴滴雨，
还有人闲看？

旧迹苍苍，
前路渺渺。

庸人悲哀处，
总是昨日明日，
忘了今日。

谁解

突然而来的愁思，
是心沉沉。

想把闲愁深深诉，
怨愁难言说。

长诗歌，
短诗歌，
诗人多少愁。

百愁谁解?
也难了天上神仙。

入心头

昨夜乍醒难入眠。
今日昏昏欲睡不睡。

无力读书，
斜倚床头，
卧听诗三百。

恍恍惚惚欲入梦。
一念乍动，
猛开眼，身犹在苍凉。

多少心头旧事，
又陡然入心头。
最难处，
心非木石，总无尽执着。

难言说

风吹
野草花，
无限娇。

数花朵，
鸟儿轻轻耳边啼。

或停住，
或离开，
突然不知怎么才好。

此闲逸，
我心难言说。
人生能否应该只是如此？

宽心处

我有心思，
何处诉衷肠？

风雨不止，
是百忧集。
况只寻常人家，
岂有宽心处？

再几番天涯雨，
又如何好渡江湖？

夜夜吁叹夜夜愁。
哪里顾得了落花还剩几瓣？

无处

可怜潇潇雨打花。
百花正哭不忍看。

秋来秋去，
多情多感，
无处避秋愁。

待把心事付残红，
残红却也随水流，无处寻影踪。

不笑花

风大雨急，
几树花，雨洗风吹了。

人在雨声中，
不笑花，
两相惜。
落花也懂情。

寒折梅

雨寒重，
云阴浓，
一天风霜催人损。

多少辛苦？
此情谁共？
唯有受尽寒折梅，知人最苦。

何必笑

山高，水冷，
夜深，星淡。

世情有冷暖，
人情有薄厚，
还是休说闲话。

山有高低，
路有横斜。
花落花开，
南北东西风光都一般。

都是人间客，
走的是天涯路。
何必笑他万里无家，
谁又不是难、难、难。

休问天

坐青石，
起闷愁。

眼前是新晴色静，
一颗心却易染不净。

正是好时候，
青青草也懂情。

想要的世间好景，
休问天，问自己。

无须知

坐中思，
思量处，又是人生事。

一颗尘心不平时，
休言休道休诉。

明日风雨无定，
也应知是寻常。

此身终是行人，
奔走红尘，无须知归何处。

难夺

别处好风光，
非吾事。

岂止剩下执着，
平生志也难夺。

赋能有参差，
惟勤才绝妙。

梦想销尽时，
“曾是”也是一种“是”。

即古篇

思归处

思归处

中春之月，
更有团圆意。

想家中光景依旧，
是青山一片鸟声脆。

念当时
斜阳懒懒，
门前相对坐。

是无冬无夏，
我心思我归处。

思亲

东风成西风，
春雨也无情，
是残寒冷于冬。

夜半思牵悄堕泪，
说与谁，未知道。

燕子念旧巢，
可怜无用。

伤心千里外，
两鬓早霜，身还在孤栖处。

寄与故乡

三月夜雨后，
处处生灵草。

千朵桃红，
万朵深红中，
翩翩又见蝶。

竹风也娱人心情，
两两黄鹂还相聚。

这番好天好景，
迢迢寄与故乡。

家乡风景

楼上听三月雨，
是点点滴滴。

和着流水，
奏一轻曲。

抬眼看山，
一动一静皆春色。

隔岸人笑问，
我正细算家乡风景。

出红尘

村姑儿，
登小楼。

望北斗，
正人间。

一夜好风吹，
今此心情和梦也。

再三十年，
何处出红尘？
绿蓑青笠，归故乡去。

风暖满村

午睡起，
闲倚窗，
看百般景。

是浪漫春花照人眼，
绿水轻柔流。

青山外，
也似仙人处。

好个风暖日高吹满村。

无事过

一阵骤雨漫下，
中间多少清江水。

待雨后，
正是斜阳，
又飞起白鸟两三只。

不管
朝朝暮暮，
雨雨风风。

笑语盈盈，
还一般闲暇无事过。

海风凉东窗

家在水边住，
日日是满眼淡绿。

行止之间，
朝潮暮潮平了水面。

清夜里，
海风吹凉东窗时，
无人不好梦。

晨村

五更鸡鸣，
叫到天半明。

晨醒还是雾漫漫，
似三座仙山，
妙处难言说。

唤起悠然心，
来把村东走遍。

村西返来时，
恰双燕也归来。

春忙

无闲田，
无闲时，
无闲人。

也不唱渔歌樵歌，
只是余闲少。

暮色送人归时，
燕子双双飞进平安家。

采茶

树莓点点红，
薜荔片片绿。
也是茶色青青青满山。

想当时贫寒，
采茶姑娘只为换钱去。

黄泥印小步，
身压竹篓，
拣尽芽叶。

俯仰间，
二十春流转。
今日却只为一乐。

山趣

云山远山无穷山，
芒萁箬竹香丝草。

树头枝头挂清露，
青竿绿叶也灵动。

此处兴悠，
是最萦牵。

却一片诗情说不出，
只叫春且住。

荔枝红

梦入荔枝海，
是处和风香。

素手欲摘却醒来，
笑自己好个馋人模样。

可爱荔枝红，
早尝三百颗。

最喜滋味好，
终是少小情怀在。

山中滋味

早起未梳头，
把山行遍。

行时总把二十年后想：
一处小园，
两三分地。
是山中滋味。

胸中无事，
花竹相宜，
看屋前风雨成好景。

嫦娥伴宿，
青灯相照，
回首人生风雨皆作真情。

成家常

奋飞何处?
还有几番岁月?

万水千山后，
还是想那
篱笆院里，闲看风雨。

春之日，
夏之夜。
都是四五六月天气。

谁与?
再把旧时心情成家常。

好雨后

好雨后，
是乐土。

无数花放，
粉蝶儿绕，
蜂儿也忙。

屋前已无闲人过，
却一片莺莺燕燕。

世间好事，
不负辛勤，
春以后总是日日丰。

有情

一番烟雨，
十里柔情。

轻寒微冷，
也是有情风。

院前鸡啼声住，
屋内儿童声切。

不用思量，
风雨声中共醉。

正好

春华秋月，
正不易得。

日日花前，
成千万片红，
添得闲情无限。

立小桥，
听水东流，
也是东风情味切。

静思半晌，
这人生还是岁月正好。

春无限

天有九重，
山有百叠。

春风是
有意绿满山。

唤起两眼，
抬头，目不尽。

低首看，
是春泥春水春无限。

人间幸福事

万里青天，
千里悠悠，
正十里桃花盛开。

桃花水溶溶，
杨柳绿浓浓，
远山抹一缕白云。

村北村南，
城东城西，
不见一人闲。

春耕、夏耘、秋收。
好儿女来争笑。
人间幸福事。

即古篇

东风来

东风来

春风浩荡，
满园幽香，
处处芳草。

娇儿微笑，
看新绿夹红，
也知道春天能生百种美。

这时刻，
燕子北归不必愁，
一团祥气已入东风。

心中悦，
想云外山河皆无恙。
不由得说着年华好。

新新模样

春神来，
天暖柳长。
片片条条含春意。

碧云下，
小桥水细。
悠扬追风去。

小春花，
长得令人醉。
也是佳期正好。

芳意浓浓，
良愿深深。
好一个新新的模样。

媚娘

太阳高，
当美景，
同约春行。

修眉淡扫新妆饰。
似春色，红了桃花。

恍惚身入桃园。
细看是，
花面花态花媚，
占得人间。

夜红尘

庆春来，
夜红尘。

红颜醉，
不在貌。
多少欢娱。

月自明，
华灯也漫挂。
哪至于冷清清？

今夜同圆缺，
是热闹闹在茫茫夜色里。

家常话

春来到，
满窗绿。
远山春色可依。

园中花，
开不败。
也是一番红。

是如此自由自在。
几个闲影乐悠悠，
亭下共说家常话。

忽然一阵清风散晚霞，
身想留，心想留。
愿从今后，片片点点千般好。

耕

今日
天庭雷神击天鼓。
万物生，桃华也夭夭。

春雷已动，
遍地耕牛走，
从北到南农夫忙。

我却悲叹
三十三年光阴虚掷。
寻旧踪迹，也一去无痕。

余年，
不问几时休，
只是笔耕不停歇。
何时已？
直到豁然时。

正暖

踏青吧。
春气正暖。
百草颜色正好。
三五朋友也正巧。

或远或近，
无有不倾心。
重把旧日心情说。

离别时，
不说不舍，
只悠然离去。
春风无限时再相见。

助美

珠帘雨后，
过花丛，
醉人气，留人脚步。

怎会愁雨，
恰是喜雨，
洗去红尘苦滋味。

天公助美，
展开一片闽南百花色。

更是天公悲怜，
多一处好景，愉凡人心情。

三人行

四月云静碧天净。

嫣红墨绿苍苔，
满目赏心。

三人双眉开，
同欢乐，溢欢声。

共赋一江春水，
是文人闲话。

盈精神

初夏好。
夜雨后，
晓来清气盈精神。

绿窗下，
茉莉开。
笑傲香风里。

云幕卷，
红日起。
多谢风伯雨师。

如此心情吟诗忙，
忘了娇儿上学堂。

园夜

豆蔻初夏花。
处处人窈窕、人是花。

夭夭年华，
柔枝细柳，
微步生芳尘。

夜风无限，
如水清凉。
月光满月桥。

我为闲淡心情，
也来把小园行遍。

半合半开

炎天霎雨。
几度日高，
几度风凉。

天气半阴半晴，
心思半合半开。

闲窗下，
茉莉花竟开得俏。

笑自己，
又平白造一场烦恼。

不是凡花种

五月芍药颜色好。

凝露花正开，
相见偶然间。

人间皆知国色，
最是留人意。

也应晓
牡丹芍药类相同，
不是凡花种。

无数五月

冬已去，
冬已去。
无寻处。

莫道
风雨覆盖，
寤寐不得。

酸甜苦辣，
人生一串。
说什么不易。

好风来时，
且逍遥。
人间无数五月。

生命力

花自醉，
草自青，
人自重。

红影丛丛，
和着好风，
只争妍斗芳。

小草悠悠，
含着力量
于暖风中相随而长。

我不同花却同草。
生命力是唯一的答案。

保佑~

即古篇

圆素志

圆素志

添一岁，
少一岁，
百年短短。

不舍岁月去，
却也留不住。
何况不知归何处。

一片惭愧意，
不该昼闲度，
还把日子辜负。

为圆平生素志，
华年时，应有心度。

同载

临窗久坐，
听风听雨听心情。

水中渔舟，
也似说正飘摇。

遥想，
风雨尽时，
与谁同载万里江河？

是一片英气，一寸柔情。

好心人儿

寻寻觅觅，
兜兜转转，
今逢缘分在眼前。

近来最怕岁已穷，
何去何从竟不知。

梦里梦外，
一片愁心。
多少老了心情。

人间一趟总有难，
终得好心人儿。

猛做白日梦

人倚西窗，
看夕阳也无语。
一片思潮中。

平生志趣，
千古谁又独难？

不怪年华太快，
乐也匆匆。

少壮还有几时，
快猛做白日梦。

一点诗情

乍雨乍晴此天气。

怪它扰心情，
难得一片闲逸。

笑自己，
写不成书的无赖脾气。

又何止一点诗情，
到底还须一番苦力。

总关心

夜寂寂，
夜迢迢。

对美景，
难行乐。

却总关心，
未来事。

和梦也无聊，
且抽取枕下书。

夜读

夜深深。
阴雨绵绵，
心中的风雨沉沉。

半生已过，
唯只见，
人同微尘在世间。

想入梦，
得逍遥。
梦里却寻不着路。

何处去？
且复挑灯夜读，
看似艰辛却自得。

茧

一痕酒晕，
两分醉。

九分困意，
十分心情不愿懒。

把香山居士学。
素手磨成茧，
是下笔生花时。

此番哪里与谁争。
只怕老去剩闲愁，
更辜负人间一世。

为人间

娥眉好，
也不作妖娆色。

更不学莺莺燕燕，
还有花蝴蝶轻舞斗狂。

不与群芳比并看，
只寻思独自行。

宁似蜂儿，劳一生，
为人间采得百千蜜。

随他

女儿心
累过女儿身。

牵愁勾忧，
更无人共论。

眼前事，随他。

且让今日无所想，
只听小娃说故事。

天公知道

欲语，
欲语又踌躇。

明知人事如常，
抵不住寸心难管。

几个相知识我，
几个不知疑我。
平生性格不由人。

好在天公知道，
一片冰心十分真。

有心客

人生呀，
思量青年能几回？

千里万里豪气在，
何必非作狂客？

人生参差，
有晴无晴各半。
浮世事，喜忧也不定。

不争亦不弃，
只与君同为人间有心客。

道未来

又何事憔悴？
休断肠，
强乐也有点儿味。

莫怕路远难测，
看是都寻常。
付出几分，
圆满几分。

我非运命多恩泽，
只是以勤存心。

烦君细思旧事，
待相见时道未来。

自由自在

多少事，
须沉默。
又多少事，
尽入闲人闲话。

一身傲骨，
三生习气，
原是此性情中人，
如何能自欺自弃。

人生一梦，难太醒觉。
放下千金重，自由自在。

不怕重寻处，
再来又十年，
无疑还是老天真。

算人生

风雨有歇时，
心中事却千百种。

事事可可，谈何容易。
又何处谈？

想人生，道人生，
算人生，算什么？

人人都该是，
南北东西路，
满地人间好事。

开口笑

昨夜好梦，
与君梦归到家山。

晨来
飞鸟入窗，
似是有佳报。
半含半开，花枝也正俏。

眼前好景，人间同到。

一片身心是天真，任我开口笑。

归去来园

漫漫脚下路，
千里黄尘与度。

用力之久，
心绪徊徨。
低声问自己：
要走到哪里去了？

沧桑时，
不怨苍天。
只一点赤子心，
还有两寸不展眉。

是否
天涯倦客，
最爱处——
归去来园？

回首望

静碧天空下，
忆年少时，
只做天涯梦。

层层叠叠山
也遮不断那
一日千里的热情。

似梦行。
时间匆匆，
还好情怀没有老去。

到今时，
回首望。
不道是痴，
只是在生活中认真行走。

从容过

或劳心，
或劳力，
或劳心劳力。
人间都是辛苦。

忧风雨，
怕雷电，
几番良苦。
叹浮云，
也东奔西走。

半生
踏着红尘。
平生要紧事，
无非过日子。

一年四个季，
一日三顿饭，
一屋三口人。
不语愁，从容过。